I0721034

ISBN : 978-1-911424-32-1
SKU/ID: 9781911424321

A catalogue record for this book is available from the British Library.

Editor and translation for English part: Charlotte J. March
Book design: Wolf

Cover: Gabriele Erno Palandri

Publishing Company:
Black Wolf Edition & Publishing Ltd.
1 Begg Road, Kirkcaldy KY2 6HD, Scotland
www.blackwolfedition.com

GABRIELE ERNO PALANDRI

INCIPIT

"Whoever you are…you will die!"

PREFACE

I am not a writer.

I am an artist; I mainly work with ballpoint pen on plywood and on paper. I am a figurative; I prefer figures, faces, hands.

The metaphor is the fundamental element that connects all my artworks; I feel more as a reporter who tells feelings, facts and events of the time I am living.

I would probably have been a writer but I received a different talent; instead of narrating in writing I can tell stories with an illustrated image. It is a synecdoche, in all my works there is a story that I would like to tell but unlike the writer, the story I think, sometimes, is different from the one the user of the work imagines. This permits that the artwork acquires an intrinsic value. Using the pen to describe images, the writer merges with the painter, the reporter tells images of the painter written by the pen of the writer. It is a good arrival point when the viewer arrives to this without considering that the artworks are technically well made. Between us, I can't bear anymore compliments like: "Beautiful, bravo, but how long does it take to do it?"

I use a neologism, my artworks are *wripainted*.

In the years I came closer to any type of literature, from philosophy to romance, from thriller to psychology, from essays to crime stories, the genre I have to say I feel more related to my art; a series of linked information is on the plate and at the end the plot is unveiled.

I need of this: at the end there isn't a random plot

and everything goes back to its place. In my art there is no abstraction or falsification but cleanness and reality, pure and simple.

I was working at this series "INCIPIT" where you can see images of faces or body's parts inside a brush stroke of monochrome colour. The image is entirely made by pen.

The idea derives from the books' incipit, the first 15 lines that, giving you a certain amount of information, encourage you to keep reading. Then every work/character of the series reveals only some parts of the face or the body.

At this point I thought about a story narrated by these characters, each of them is an incipit itself.

Writing a little for each of them makes things easier: bare text without embellishment, unsettling or irritating – I think for the reading purists.

The story develops in a very wide period of time, therefore there are some characters who are described in different moments of their lives.

If I have to give my opinion, except for the final scene that is phe-nom-e-nal, this is a 'crime thriller with all that is necessary without the need of thousand of details useful only to increase the pages' number.

Yes, I am a little biased.

Gabriele Erno Palandri

"Whoever you are...you will die!"

SAMO

Desweerton, Tennessee, 28th September.

The last day of the International Book Fair. The event of the evening is the proclamation of Giuditta Bosterlike as the best writer of the year with the book "INCIPIT". There is the stage, the audience, Giuditta, everything is almost ready to start.

Suddenly a bang, maybe a gunshot, resounds in the stand full of people. I see the scene.

There are two girls who are joking, arguing, I don't know.

Same time: Giuditta goes down the stage and goes toward them.

Same time: Giuditta doesn't go toward the girls but another person that she greets.

Same time: one of the two girls, maybe pushed by the other one, hits the person who is reaching Giuditta who moves in turn.

Same time: the shot.

A few moments later, dismay, fear, panic.

The person who was going toward Giuditta lays on the floor, the bloodstain under the head expands.

Some kind of officer is over her, he screams something to a pocket radio and waves to people to make room.

AGENT PAOLO
Private EAGLEYES

"FUCK! MELY, WHERE ARE YOU? Come to the stand 6B, there is a person on the ground, probably a gunshot to the head!"

GEORGE

13

"Our community needs you," said my brother, but it is like he asked it directly to me.

For the first time, Isacco needed me.

He was the eldest, respected by all, very smart and well-educated, in short, a God.

He pushed me exactly to that direction: the doctrine, the church, the community.

What I have never understood is: if Isacco wanted to be close to God or to take His place.

ANNETTE

15

When Daniel was born, Zago was 4 years old and finally Giorgio had his perfect family.

A beautiful, tender and helpful wife (it is true, I am really like this), two sons who could continue the Smithers "dynasty" in Greltwool community.

Greltwoll, a small town in Utah, where nothing was missing, but sincerely there was also little to do.

Having Isacco as brother-in-law protected us from anything. Rather, he looked like more a town mafia boss, under whom everything goes by but not always comes out, than a priest.

DANIEL

The time seemed to stand still in Greltwool.

I had the feeling I was on a lake river, seated on a bench looking the sunset with all the situation stereotypes, light breeze in the hair, tweeting birds on trees, absolute calm, warm colours, captivating atmosphere.

If I had been a painter, I wouldn't have wanted to reproduce the scenario, I was that scenario.

Only a princess next to me was missing.

Before that day, I haven't even thought about it; my life was what is called church and family.

I was in peace with myself, I wasn't like my brother, but all the faith I had until then suddenly turned against me.

When I saw Isacco raping Philippe, the light in me turned off forever.

AGENT LUCILLA
Private EAGLEYES

When I was hired by Adriana to be part of her private security team, I had already experience in the field but since I was a girl at the beginning of the career, I was treated as a greenhorn, especially by Cesare.

Cesare was weird.

It was clear he was a cynic jerk opportunist. There was this sort of love/hate on the side of the other team members. Despite having his manner, he has never betrayed them.

I don't understand why he kept being the "failed ninja" in a fanatic team, when in my opinion he had what it takes to aspire to something better.

Gabriele Erno Palandri

BERTO

"And then Zago, you run away."

"That is, running away is the perfect definition. All those restrictions, the prayers before lunch and dinner, and the Mass, and the sermons, weren't right for me. I want to make clear, if they had accepted I didn't care, I could have stayed a little longer. I love my parents and Daniel, I didn't want to spend my life arguing."

"But even changing state…"

"You see Mr Berto, one place is worth the other. I don't leave behind something I recognize of the environment where I was born, then all new."

"Have you ever thought to get so much passionate about books? When I hired you, you were used to collect comics."

"Besides, it has been one of their reasons, to make me run away."

"If I tell you that all of this will be yours one day?"

"Is it a quote?"

"They are useful for this, aren't they?"

ZAGO

It was shocking.

What it was like, and in reality it was, a calm spring morning was confirming what I have always thought.

I was ready to deliver two very particular books to Tesslo. I calculated that all morning was necessary, then I said Lucy we would have seen each other at the re-opening in the afternoon.

When Berto left me the bookshop, it didn't take long to reorganise the work. It was a small niche bookshop, mostly rare books and for that reason it was well known also outside Tennessee.

Initially, I hired Andrea for the deliveries, but that idiot got caught with 8kg of coke hidden in the spare wheel.

He said he was threatened if he wouldn't have agreed to be the courier for the last time, but it is what it is.

I hired Lucy and I came back to make deliveries.

There was the fuel, I already had breakfast, the key was ready to turn the engine on when a toc toc on the jeep's window brought me back in time.

Daniel was out there, his body was communicating resignation, calling for help, pleading. It was shocking.

Even if the day was quite warm and calm, it looked like he just got out from the Nevada's forest in November.

I left Greltwool almost 20 years ago. With serenity I have seen my parents and Daniel again, but without coming back there. Suddenly, I felt back into.

It was shocking... Daniel's story didn't surprise me.

Gabriele Erno Palandri

SIMON

25

"Then, Mr Daniel, you have lost your documents."

"Yes, this is my brother, he can testify for me on data truthfulness."

"But your brother's surname is Smithers, you are telling me yours is Bosterlike instead..."

"He is my stepbrother, indeed. I kept my father's surname when Zago's father remarried my mother."

"Mhhh, Zago, I have known you for almost 10 years, are you really sure this is your brother?"

His face assumed a look that contained familiarity, compassion, and total control of the situation at the same time, when he whispered at my ear...

"Mr Daniel Bosterlike, welcome to Desweerton, you can collect your documents tomorrow."

Finally, they got out... No, I couldn't allow this to be known.

ANDREA

27

Born in a village of Desweerton, he soon stars to be involved in small thefts, dealing and juvenile criminality.

Growing up, he tries to get out of that circle, a mere illusion. He finds a job at Zago but due to a not paid old debt, he falls back into it and during a delivery of some books, he takes advantage of being the courier of a drug load.

He is caught with 8kg of coke in the spare wheel. The end of the story.

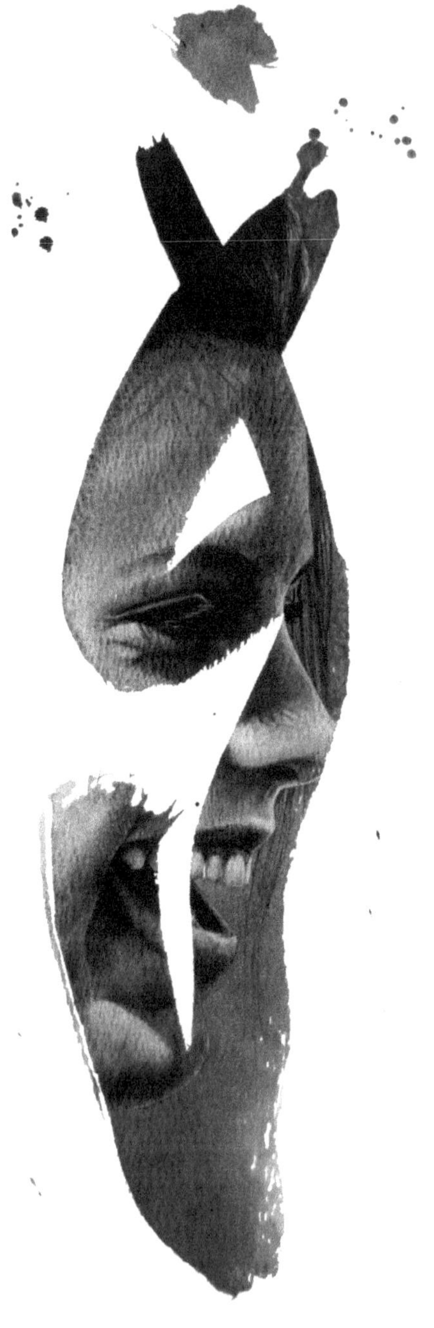

LUCY

"Certainly, she doesn't look like you. The day you arrived here, you looked like coming out from hell."

"I had a long journey, you know."

"Actually, the only thing I know is that you are Zago's brother and you came out from nowhere. Strange to say, it was that spacey face that made me follow in love with you."

"I told you, I come from another planet."

"Do you understand Giuditta? Your dad is an alien. Maybe the fact that he is not completely human is the reason I love and I have always loved him so much."

"Look at her, she is only one month and she already wants to read the books you have in your hands."

"She wants the pap, not the books."

"I hope she takes from you not only the beauty and sensibility but also the desire of culture."

"And from you, Daniel, what do you want she takes?"

"The human side."

AGENT DUDE
Private EAGLEYES

"I am at 5, I am coming, I am informing the boss!"

"Cesare, Lucilla, where are you? At 6B is happening a mess!"

MONIA

Giuditta had an enviable technique.

She started with oil colours, but soon she put aside everything to go back to the freedom of the white space filled only by black lines.

The "light" freedom of illustrating stories like those in books that she loved so much in the way she only knew: writing images.

With that instrument, the pen used to write, she was able to draw and at one point she *wripainted*. It was a work so full and dense of exceptional technique and meanings all enclosed in a frame.

It has been difficult to establish against enormous and full colours canvas of the artistic world of the moment. They made her artworks look like small stamps in black and white in front of the advertising posters of Luna Park.

A few years after the end of the school, she came to visit me and gave me this little book. At the beginning I thought it was a new catalogue.

It was a new genre.

JEFFREY

"Ok Monia, we are friends and for some time we have been more than friends, but I can not publish everything I receive. There are a lot of talented young writers, actually there are too many who believe they are able to write and pretend to be taken seriously with the first folder they send. But finding something that is worth in this cauldron of pseudo-writers, all sure that their work is the particular work, the different work, the work that no one before…it is very rare, and I tell the truth, I don't read them all, I abandon some of them immediately after the first 15 lines. This one is not even a writer."

"Well, I will try to convince you better at dinner this evening."

"Would you prostitute in this way for her?"

"You will be the one to prostitute for her."

GIUDITTA

One of the last days of life of my father – he had lung cancer and nevertheless he addressed it openly – we were in the wide hall on the ground floor of the holiday home on the Lake Kletteret. The big window made enter a lot of light during the afternoon so I could stay there with him while I was working to my new series "INCIPIT".

Mum went out to go to the general store and she wouldn't have come back before at least one hour.

Suddenly, he looked up from the book he was reading, or he was pretending to read, our glances met and for a moment I was afraid.

It seemed he was going to explode any moment, then he relaxed and told me:

"Do you want to know a different story?"

"What question is it?"

"Who I was before I met your mother."

ISACCO

We arranged to meet in the south area of the town, like in a classic series B thriller; there was this small garden that surrounded the little square. It was almost getting dark, there were only me and the statue of I don't know who on a horse in the middle of the square.

They talked me about him as one who prefers not to talk but to act.

Suddenly, he was next to me. He has been so silent I thought I have been caressed by the wind, but anyway he was what I wanted.

"Angelo, I suppose."

"Mr Smithers."

"I will not waste time Angelo, there are 300,000 pounds for you if you kill this slut at the festival before she will be crowned the best writer of the year."

"Why do you want me to do it right there? It is risky."

"Firstly, because I pay you and not someone else, because for what I have been told, you are the only one who can do it; secondly, let's say that the interesting side is exactly that, let's call it 'divine punishment' for what she wrote, she will be struck in front of everyone."

"God doesn't kill for money."

"But I am God and you will kill her."

LHUTHER

41

Isacco was so upset I didn't recognised him. He was used to manage certain things; rather he usually had who did them for him.

There wasn't his name in the book, but he asserts that there are unequivocal things that only he thought he knew.

Who is Giuditta Bosterlike?

I am afraid for her that she has gone too far.

ADRIANA
Head of EAGLEYES

We are a private security agents' team. We are required when there is someone to protect in crowded environment. It can be receptions, fairs, parties, congresses. We work in the shadow, next to the client, like invisible bodyguards.

We were hired by Mr Lesterfield, it is not the first time indeed. He is a writer full of money and fears, snobbish, the classic person able not to have breakfast if the teaspoon is not on the right side of the cup, if you know what I mean. Long sideburns, shirt buttoned up the chin, knee-length jacket, bow tie, in short a caricature from a movie on the 1800s English upper class.

Gabriele Erno Palandri

JOE

Ok, I am a light sleeper, let's say for work, but when the mobile rings at 2.00 am it must be for a really good reason and the light sleep does nothing but increase the pain in the arse.

"Joe…"

"What the fuck Angelo, but the code name? Are you covered at least?"

"Pre-paid card, a phone call and done."

"I hope this is a paid wake up."

"A job I can not do."

Just hung up, I ask myself why Angelo passes me this kind of job, 75,000 pounds for a well adjusted bullet, protected ambush, great escape routes, I know the place… Mmmh, of course I know it, because I am the best, I can do it with my eyes closed. He can not do it, aah, old Joe, no one can do it like you, yesss, aah, FUCKING ANGELO NO ONE IS BETTER THAN JOE…75,000 pounds, I have to drink, I have absolutely to drink something, and then I also fuck a whore, yesss…

Joe, the king of the night, aah.

KEY

47

"It was an instant, I didn't realise immediately what happened. We were laughing and joking about two persons dressed as English period aristocrats a-a-and Lola pretended to vomit at me and I, I, I, don't know, jumped, a leap backwards and I bumped someone, b-b-but there were so many people, a-a-and when I turned to apologise, there, there, there was a person on the floor with a bloodstain e-e-expanding under the head and the pandemonium erupted…"

LOLA

49

"Fine, fine, Key and I were a little drunk, maybe too many drinks, but nothing special. An instant before, Key who was drunker than me, belched in the face of someone dressed up as Queen Elizabeth... Mmmh, maybe we were more than just a little drunk."

MR. LESTERFIELD

51

"It is rather improper the sequence of the events. Firstly, that kind of madwoman who emitted a thoughtless breath in the face of my wife Lysette, then the person on the floor, all that blood mixed with cerebral matter, but the worst thing, the cancellation of my reading due to these vacuous reasons."

AGENT CESARE
Private EAGLEYES

53

My career as stupid private security agent would have changed direction with that phone call.

But who could be able to ensure me that it wasn't a bluff? Well, maybe my cynical dickhead instinct.

I was patrolling my area – that I had previously chosen without letting anyone know – I didn't have anything to lose and when that guy went out from the trapdoor of the attic, we (Lucilla and I) were waiting for him without even knowing why, something we understood very soon.

THOMAS

55

"I was an alter boy with Philippe when he was found hanged. He killed himself because that pig of Isacco molested us.

After Philippe's death, I found the courage to tell everything, but that stupid sanctimonious community stood up for the 'messiah', Isacco was too influential at that time. I spent my life as a recluse, alcoholic, drug addict, unemployed, outcast, and still today it is not better.

I tell you the truth, I would have liked to be the one who killed Isacco but not with a common knife wound, I would have made him pay back for everything I have still inside."

From Thomas' statement following the custody for Isacco Smithers' murder.

PHILIPPE

"You see, Angelo, there is no other choice, it is the only solution, this is the only way to put an end to this suffering, not..."

"Philippe! Who are you still talking to? Come inside!"

"With anyone dad, I come immediately."

ANACLETO

59

"Listen Maria, I found again that idiot of your son talking to himself as he was talking to a spirit.

It has been useless ask Isacco to follow him; he is an idiot with no hope.

One of these days, I will give him the reason to speak by himself."

Gabriele Erno Palandri

PIA

61

"I thought he had an imaginary friend as all children. He was a little grown, but he was always alone, the environment didn't certainly help him.

After the tragedy, Anacleto didn't blame Isacco because he said: 'From the turnips you can not extract blood.'"

NELLY
Private Detective

"You will not believe it, he was caught by those idiots of the private security."

"Who?"

"Yes, that group of fanatics who think they are the A-team."

"And what were they doing there?"

"It seems a tip-off."

"Hahaha, in short, idiots or not, they caught the killer while you were increasing the papers in your nice burial recess that you call office, with that Formica surface that should be a desk and the pen to write because the PC is still broken."

"They were lucky and my moment will come too. Hey Gus, other two beers."

"Certainly, being a private detective woman maybe makes things easier in the information research but disadvantages you in the action."

"What is it, Bart, a request to become my business partner?"

"Actually, I was thinking to sleep with you."

ANGELO

"You see Superintendent, things turn around, people change, but in this case I would have killed two birds with one stone.

When I was little, I had a very close friend, his name was Philippe, but I was black, you know, in that shit town it wasn't easy, we were used to talk secretly on the side of a hedge. Imagine that his father thought he was crazy and was talking with an imaginary friend, so he brought him to Isacco, that pig.

When Philippe hanged himself I thought Isacco was the devil and I run away as far as I could.

And what does it happen after 20 years?

Isacco needs me, a shot to the head of a fucking writer for 300,000 pounds.

So I offer 75,000 to that idiot Joe who will certainly do the job for me and he will be caught, because I will make him be caught. I couldn't stand anymore that air of killer of series B police movie. Then I go myself to collect from Isacco and maybe I would make him feel all I harboured for 20 years.

The best part is I arrive there, I find Isacco dead, stabbed in the chest and no money.

Well, we can deduce from this that Isacco wanted that girl dead, that Joe killed her and that you don't have any evidence against me.

My regards to Joe light-fingered."

SUPERINTENDENT BATES

"What is this novelty?"

"I am sorry Superintendent, these are the developments."

"Let me understand, we have a confession signed by Angelo who declares he fooled Isacco, we have Isacco's dead body and we can't arrest Angelo? Whose are those fucking prints? Who did kill Isacco?"

Bates let himself fall heavily backwards on the imitation leather armchair.

After the deposition, even though Angelo warned him that he could not have charged him, he was sure he was holding the right trail and the rapid solution of the case.

He has already imagined the media that turned on the spotlights on his thirty-years career without infamy and nor praise, instead he would have remained the old Superintendent Nobody-Bates. Certainly, he still had a house in the suburbs, a fat and insolent wife, three boys, one worse than the other, and a blind dog that, not being able to see anything, tried to bite him every time he came back home.

Then there was his job. At work you think about work, when you think about work you don't think about the shit of private life.

"Damn Bates, you must have let something get away..."

The armchair creaked when he moved forward to immerse again in those papers; there should have been at least one chance to turn on those spotlights.

Who did kill Isacco?

YOU

It wasn't difficult to get rid of Isacco with a stab in the chest. I wanted for him an anonymous dead unlike the life he had, always at the centre of the attention.

He wanted to harm Giuditta, and no one harms Giuditta until I live.

Later, I came back home to get ready for the closing evening of the fair where the climax would have been the recognition of my friend Giuditta as the best writer of the year with the book "INCIPIT".

I arrived there after a short walk in the end of September fresh evening, the place was full of people and I walked toward the main stage.

When I saw her I run towards her and she came towards me.

Then a push, something or someone that hits me, I sway. The last thing I saw, before the bullet meant for her perforated my right eyeball, was her enthusiastic smile.

Gabriele Erno Palandri's debut novel. The artworks associated with the story are part of the series "INCIPIT", they are all realised with ballpoint pen and acrylic on paper.

72

ISBN : 978-1-911424-32-1
SKU/ID: 9781911424321

A catalogue record for this book is available from the British Library.

Editor for Italian part: Wolf
Book design: Wolf

Cover: Gabriele Erno Palandri

Publishing Company:
Black Wolf Edition & Publishing Ltd.
1 Begg Road, Kirkcaldy KY2 6HD, Scotland
www.blackwolfedition.com

GABRIELE ERNO PALANDRI

INCIPIT

"CHIUNQUE TU SIA...MORIRAI!"

PREFAZIONE

Non sono uno scrittore.

Sono un artista, lavoro principalmente con la penna a sfera su tavola e su carta. Sono un figurativo, prediligo figure, volti, mani.

La metafora è la cosa fondamentale che lega tutte le mie opere, mi sento più un cronista che racconta sensazioni, fatti, eventi del tempo che sto vivendo.

Probabilmente avrei voluto fare lo scrittore, ma ho avuto un dono diverso, invece che raccontare per scritto posso raccontare storie con un'immagine disegnata. È una sineddoche, in tutte le mie opere c'è una storia che vorrei raccontare ma a differenza dello scrittore, la storia che penso io, a volte, è differente da quella che si immagina il fruitore dell'opera, questo fa si che l'opera acquisti più peso intrinseco. Usare la penna per scrivere immagini, lo scrittore che si fonde con il pittore, il cronista che racconta immagini del pittore scritte dalla penna dello scrittore, è un bel punto d'arrivo quando lo spettatore arriva a questo senza fermarsi al fatto che le opere sono tecnicamente fatte bene, detto tra noi non sopporto più complimenti tipo — Bello, bravo ma quanto tempo ci metti?

Ho un neologismo, le mie opere sono *scrisegnate*.

Chiaramente col tempo mi sono avvicinato sempre di più alla lettura di ogni tipo, dalla filosofia al romanzo, dal thriller alla psicologia, dalla saggistica al giallo che devo dire è il genere che sento più vicino alla mia arte, si mettono sul piatto tutta una serie di informazioni che si intrecciano fra loro e alla fine svelano

sempre l'intrigo.

Io ho bisogno di questo: che alla fine l'intreccio non sia a caso e le cose tornino tutte al loro posto. Nella mia arte niente astrazione o mistificazione ma pulizia e realtà senza tanti giri di parole.

Stavo lavorando a questa serie "INCIPIT" dove si vedono immagini di volti o parti del corpo all'interno di una pennellata di colore monocromo. L'immagine è realizzata tutta a penna.

L'idea viene proprio dagli incipit dei libri, le prime 15 righe che dandoti un tot di informazioni studiate ti incitino ad andare avanti nella lettura. Così ogni opera/personaggio della serie svela solo alcune parti del viso o del corpo.

A questo punto ho pensato ad una storia da far raccontare a questi personaggi, ognuno dei quali è un incipit stesso.

Il fatto di dover scrivere poco per ognuno in un certo senso mi facilita, testo nudo e crudo senza infiorettature, spiazzante o irritante penso per i puristi della lettura.

La storia si svolge in un periodo di tempo molto ampio per cui ci sono alcuni personaggi che vengono descritti in varie parti della loro vita.

Se dovessi dare un giudizio direi che a parte il colpo di scena finale FE-NO-ME-NA-LE è un giallo con tutto quel che serve senza miliardi di particolari utili solo a far lievitare il numero di pagine. Sono un po' di parte, sì.

Gabriele Erno Palandri

"Chiunque tu sia...morirai!"

Gabriele Erno Palandri

SAMO

Desweerton, Tennessee, 28 settembre.

Ultima giornata del Salone Internazionale del Libro. L'evento della serata è la proclamazione di Giuditta Bosterlike quale miglior scrittrice dell'anno con il libro "INCIPIT". C'è il palco, c'è la gente, c'è Giuditta, tutto è quasi pronto per cominciare.

Ad un tratto un colpo, forse uno sparo, risuona nel padiglione pieno di gente. Vedo la scena.

Ci sono due ragazze che scherzano, litigano, non so.

Stesso momento: Giuditta scende dal palco e va verso di loro.

Stesso momento: Giuditta non va verso le due ragazze ma verso un'altra persona che saluta.

Stesso momento: una delle ragazze, forse spinta dall'altra urta la persona che sta raggiungendo Giuditta che si sposta a sua volta.

Stesso momento: lo sparo.

Alcuni attimi dopo, sgomento, paura, panico.

La persona che andava verso Giuditta è riversa al suolo, la macchia di sangue sotto la sua testa si allarga.

Una specie di agente è sopra di lei, urla qualcosa dentro una radiolina e fa cenno alla gente di fare spazio.

AGENTE PAOLO
Private EAGLEYES

"CAZZO MELY DOVE SEI? Dirigiti al padiglione 6B, abbiamo una persona a terra, probabile colpo d'arma da fuoco alla testa!"

GEORGE

"La nostra comunità ha bisogno di te.", disse mio fratello, ma è come se me lo avesse chiesto direttamente.

Per la prima volta, Isacco aveva bisogno di me.

Era più grande, rispettato da tutti, molto intelligente e colto, insomma, un Dio.

E fu proprio in quella direzione che mi spinse, la dottrina, la chiesa, la comunità.

La cosa che non ho mai capito è: se Isacco volesse avvicinarsi a Dio, o volesse prendere il suo posto.

ANNETTE

Quando nacque Daniel, Zago aveva 4 anni e finalmente Giorgio ebbe la sua famiglia perfetta.

Una moglie bella, affettuosa e disponibile (è vero, sono proprio così), due figli maschi che potevano continuare a portare avanti la "dinastia" degli Smithers nella comunità di Greltwool.

Greltwool, una piccola cittadina dello Utah, dove non mancava niente, ma francamente c'era anche poco da fare.

Avere Isacco come cognato ci metteva al riparo da qualunque cosa. In effetti, più che parroco, sembrava il capo della mafia cittadina, sotto cui tutto passa ma non sempre esce.

DANIEL

Il tempo sembrava essersi fermato a Greltwool.

Avevo la sensazione di essere in riva ad un lago, seduto su di una panchina a guardare il tramonto con tutti gli stereotipi del caso, leggera brezza tra i capelli, uccellini cinguettanti sugli alberi, calma totale, colori caldi, atmosfera avvolgente.

Se fossi stato un pittore, non avrei voluto riprodurre quello scenario, io ero quello scenario.

Forse mancava giusto una principessa accanto a me.

E prima di quel giorno forse non ci avevo nemmeno pensato, la mia vita era quel che si dice casa e chiesa.

Mi sentivo in pace con me stesso, non ero come mio fratello, ma tutta la fede che avevo avuto fino allora, improvvisamente mi si rivoltò contro.

Quando vidi Isacco abusare di Philippe, mi si spense per sempre la luce.

AGENTE LUCILLA
Private EAGLEYES

Quando venni assunta da Adriana per entrare nella sua squadra di sicurezza privata avevo le mie esperienze nel campo, ma essendo una ragazza all'inizio mi trattavano da novellina, soprattutto Cesare.

Era strano Cesare.

Si capiva lontano un miglio che era un cinico stronzo approfittatore. Ma c'era questa sorta di amore/odio da parte degli altri membri della squadra, pur avendo i suoi modi non li aveva mai traditi.

Non capisco, perché continuasse a fare il "ninja fallito" in una squadra di esaltati, quando secondo me aveva le carte in regola per ambire a qualcosa di meglio.

BERTO

"E allora Zago, sei scappato."

"Ecco, scappato mi sembra proprio la definizione giusta. Tutte quelle restrizioni, e le preghiere prima di pranzo e cena, e la messa, e i sermoni, non facevano proprio per me. Sia ben chiaro, se loro avessero accettato che non me ne fregava niente, potevo rimanere un altro po', voglio bene ai miei genitori e a Daniel, non volevo passare la vita a litigare."

"Ma addirittura cambiare stato..."

"Vede signor Berto, un posto vale l'altro. Non mi lascio dietro qualcosa che riconosco dell'ambiente in cui sono nato, per cui tutta novità."

"Avresti mai pensato di appassionarti così ai libri? Quando ti ho assunto collezionavi fumetti."

"Che tra l'altro è stato uno dei motivi loro, per farmi scappare."

"Se ti dicessi che un giorno tutto questo sarà tuo?"

"Citazione?"

"Servono a questo, no!?"

ZAGO

Fu scioccante.

Quella che sembrava, ed in effetti era, una tranquilla mattina di primavera, stava per darmi le conferme su ciò che ho sempre pensato.

Ero pronto per fare una consegna di due libri molto particolari a Tesslo. Calcolai che mi occorresse tutta la mattina, così dissi a Lucy che ci saremmo visti alla riapertura quel pomeriggio.

Quando Berto mi lasciò la libreria, non ci volle molto per riorganizzare il lavoro. Era una piccola libreria di nicchia, trattava per lo più pezzi rari e per questo era molto conosciuta anche fuori dal Tennessee.

In un primo momento assunsi Andrea per fare le consegne, ma quel coglione si fece beccare con 8kg di coca nascosta nella ruota di scorta.

Disse che l'avevano minacciato se non avesse fatto il corriere per l'ultima volta, ma tant'è.

Assunsi Lucy e tornai io a fare le consegne.

Il carburante c'era, colazione l'avevo fatta, la chiave era pronta per l'accensione quando un toc toc sul finestrino della jeep mi portò indietro nel tempo.

Daniel era lì fuori, il suo corpo comunicava rassegnazione, ricerca d'aiuto, implorazione. Fu scioccante.

Nonostante la giornata fosse abbastanza calda e tranquilla, sembrava che fosse appena uscito dalle foreste del Nevada a novembre.

Erano ormai circa 20 anni che avevo lasciato Greltwool, con serenità però, avevo rivisto i miei e Daniel, ma senza tornarci. Tutto ad un tratto c'ero ricaduto dentro.

Fu scioccante...il racconto di Daniel non mi sorprese.

SIMON

"Allora, Signor Daniel, ha smarrito i documenti."

"Sì, questo è mio fratello, testimonia per me sulla veridicità dei dati."

"Ma suo fratello fa Smithers di cognome, invece lei mi dice di chiamarsi Bosterlike..."

"In effetti è il mio fratellastro, io ho mantenuto il cognome di mio padre, anche quando il padre di Zago si è risposato con mia madre."

"Mmh, Zago, ti conosco da 10 anni ormai, sei proprio sicuro che sia tuo fratello?"

La sua faccia assunse un'espressione che racchiudeva al tempo stesso familiarità, compassione e totale controllo della situazione quando mi sussurrò all'orecchio...

"Signor Daniel Bosterlike, benvenuto a Desweerton, potrà ritirare i suoi documenti domani."

Finalmente uscirono...no, non potevo permettere che si sapesse.

ANDREA

Nato in un borgo di Desweerton, si trova ben presto coinvolto in piccoli furti, spaccio e delinquenza minorile.

Crescendo prova ad uscire dal giro, una mera illusione. Trova lavoro da Zago, ma per un vecchio debito non saldato ci ricade e durante una consegna di alcuni libri, approfitta per fare il corriere di un carico di droga.

Viene beccato con 8kg di coca nella ruota di scorta. Fine della storia.

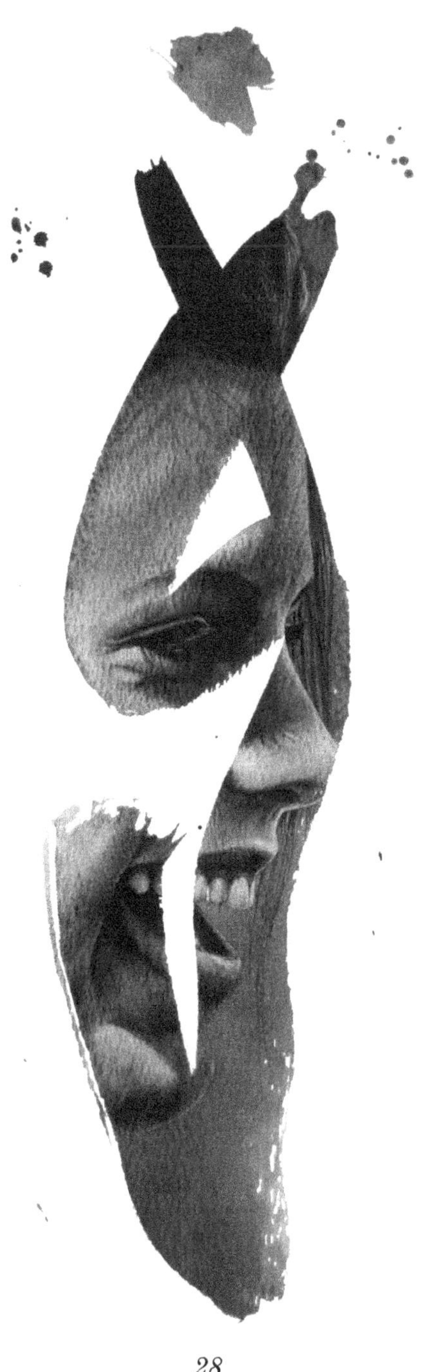

LUCY

"Di sicuro non somiglia a te, il giorno che sei arrivato qua sembravi uscito dall'inferno."

"Avevo fatto un viaggio molto lungo lo sai."

"Veramente l'unica cosa che so è che sei fratello di Zago e sei sbucato fuori dal nulla, però strano a dirsi, fu proprio quella faccia stralunata che mi ha fatto innamorare di te."

"Te l'ho detto, vengo da un altro pianeta."

"Capito Giuditta? Il babbo è un alieno. Forse il fatto di non essere totalmente umano è il motivo per cui lo amo e l'ho sempre amato così tanto."

"Guardala, solo un mese e già vuole leggere i libri che hai in mano."

"Vuole la puppa altroché libri."

"Spero che oltre la bellezza e la sensibilità prenda da te anche la voglia di cultura."

"E da te, Daniel, cosa vuoi che prenda?"

"La parte umana."

AGENTE DUDE
Private EAGLEYES

31

"Sono al 5, sto arrivando, avverto il capo!"

"CESARE, LUCILLA dove siete, al 6B sta succedendo un casino!"

MONIA

Giuditta aveva una tecnica invidiabile.

Era partita con i colori ad olio, ma ben presto aveva accantonato tutto per tornare alla libertà dello spazio bianco riempito solo da linee nere.

La libertà "leggera" di raccontare storie come quelle dei libri che tanto amava nel modo in cui solo lei sapeva: scrivendo immagini.

Con quel tramite poi, la penna che si usa per scrivere, lei sapeva però disegnare ed a un certo punto *scrisegnò*. Era un lavoro così pieno e denso di tecnica sopraffina e significati racchiusi tutti in un *frame*.

Fece molta fatica ad imporsi contro tele immense e piene di colore del mondo artistico del momento, che facevano sembrare le sue opere piccoli francobolli in bianco e nero al cospetto di manifesti pubblicitari dei Luna Park.

Qualche anno dopo la fine della scuola mi venne a trovare e mi porse questo libretto. All'inizio pensavo fosse un nuovo catalogo.

Era un nuovo genere.

JEFFREY

"Ok Monia, siamo amici e per qualche tempo anche più che amici, ma non posso pubblicare tutto ciò che mi passano, ci sono tanti giovani di belle speranze, anzi ci sono troppi giovani che credono di saper scrivere e pretendono che li si prenda sui serio con la prima cartella che mandano. Ma trovare qualcosa che valga la pena in questo calderone di pseudo scrittori tutti convinti che la loro sia l'opera particolare, l'opera diversa, l'opera che nessuno mai...è assai raro e ti dico la verità, non li leggo tutti, alcuni li abbandono subito dopo le prime 15 righe. Questa poi non è nemmeno una scrittrice."

"Bene, vedrò di convincerti meglio a cena stasera."

"Ti prostituiresti addirittura così per lei?"

"Sarai tu a prostituirti per lei."

GIUDITTA

Uno degli ultimi giorni di vita di mio padre – aveva un cancro ai polmoni e nonostante tutto lo affrontava a viso aperto – eravamo nell'ampia sala a piano terra della casa di vacanza sul lago Kletteret. La vetrata faceva entrare molta luce di pomeriggio così potevo stare lì con lui mentre lavoravo alla nuova serie "INCIPIT".

Mamma era uscita per andare all'emporio e non sarebbe tornata prima di un'ora almeno.

Ad un tratto lui alzò gli occhi dal libro che stava leggendo, o che stava facendo finta di leggere, i nostri sguardi si incontrarono e per un attimo ebbi paura.

Sembrava che da un momento all'altro sarebbe esploso, poi si rilassò e mi disse:

"La vuoi sapere una storia diversa?"

"Che domanda è?"

"Chi ero io prima di incontrare mamma."

ISACCO

Ci demmo appuntamento nella zona sud della città, come in un classico thriller di serie B, c'era questo parchetto che faceva da cornice ad una piazzetta. Oramai stava imbrunendo, eravamo solo io e la statua di un non so chi a cavallo, al centro della piazza.

Mi avevano parlato di lui come uno che non amava tanto parlare quanto agire.

Ad un tratto era accanto a me, fu talmente silenzioso che pensavo mi avesse accarezzato il vento, ma comunque era ciò che volevo.

"Angelo suppongo..."

"Mister Smithers."

"Non la farò tanto lunga Angelo, ci sono 300.000 bigliettoni per te se fai fuori questa sgualdrinetta al festival prima che sia incoronata miglior scrittrice dell'anno."

"Perché vuole che lo faccia proprio lì, è rischioso."

"Primo, perché pago te e non un altro, perché da quel che mi dicono sei il solo che può farlo, secondo diciamo che il bello è proprio quello, chiamiamola punizione divina per quello che ha scritto, verrà fulminata davanti a tutti."

"Dio non uccide per soldi."

"Ma Dio sono io e la ucciderai tu."

LHUTHER

Isacco era così incavolato che non lo riconoscevo, era abituato a gestire certe cose, anzi normalmente aveva chi lo faceva per lui.

Sul libro non c'era il suo nome, eppure lui afferma che ci sono cose inequivocabili che solo lui pensava di sapere.

Chi è Giuditta Bosterlike?

Temo per lei che si sia spinta troppo in là.

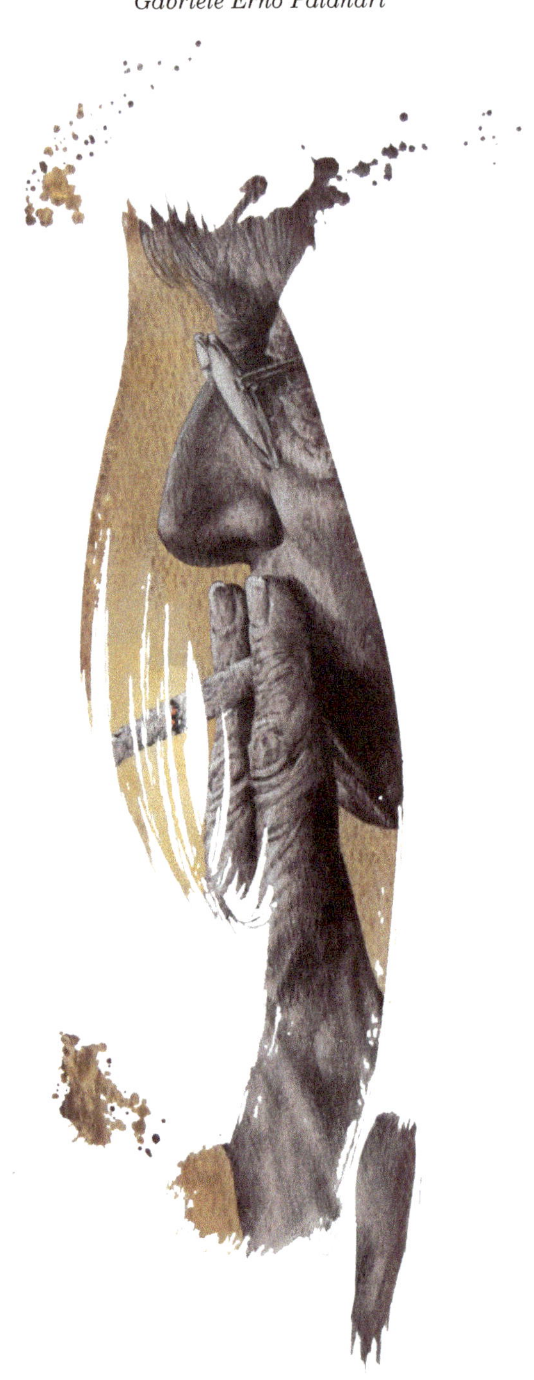

ADRIANA
Capo EAGLEYES

La nostra è una squadra di agenti di sicurezza privata, veniamo richiesti quando c'è qualcuno da proteggere in ambienti ad alta densità di persone. Possono essere ricevimenti, fiere, feste, congressi. Lavoriamo nell'ombra accanto al cliente, come *bodyguard* invisibili.

Siamo stati assunti dal signor Lesterfield, in effetti non è la prima volta, è uno scrittore pieno di soldi e di paure, con la puzza sotto il naso, il classico tipo capace di non fare colazione se il cucchiaino non è dalla parte giusta della tazza, non so se mi spiego. Basetta lunga, camicia abbottonata fin sotto al mento, giacca al ginocchio, papillon, insomma una macchietta da film sull'Inghilterra bene dell'Ottocento.

JOE

Ok ho il sonno leggero, diciamo per lavoro, ma quando mi suona il cellulare alle 2.00 del mattino dev'essere proprio per un buon motivo e il sonno leggero non fa altro che aumentare il giramento di palle.

"Joe..."

"Cazzo Angelo ma il nome in codice? Sei coperto almeno?"

"Carta prepagata, una telefonata e via."

"Spero sia una sveglia retribuita."

"Un lavoro che io non posso fare."

Appena riagganciato mi domando, perché Angelo mi passa un lavoro del genere, 75.000 bigliettoni per una pallottola ben assestata, appostamento riparato, ottime vie di fuga, conosco il posto... Mmh, certo che lo so, perché io sono il migliore, lo faccio a occhi chiusi, è lui che non può farlo, aaah, vecchio Joe, nessuno può farlo come te, sìsìsì aaah, CAPITO FOTTUTO ANGELO NESSUNO È MEGLIO DI JOE... 75.000 bigliettoni, devo bere, devo assolutamente bere qualcosa, e poi...mi scopo anche una troia, sìsìsì...

JOE, il re della notte aaah.

KEY

"È stato un attimo, non mi sono accorta subito cos'era successo. Stavamo ridendo e scherzando di due persone vestite da aristocratici inglesi d'epoca e-e Lola ha fatto finta di vomitarmi addosso ed i-io ho fatto, non so, un salto, un balzello indietro e ho urtato qualcuno ma-ma c'era tanta gente e-e quando mi sono girata per chiedere scusa, c-c'era una persona a terra con una chiazza di sangue che gli s-si allargava da sotto la testa ed è scoppiato il finimondo..."

LOLA

49

"Va bene, va bene, io e Key eravamo un po' alticce, forse qualche drink di troppo, ma niente di che, un attimo prima Key, che era più brilla di me, aveva ruttato in faccia ad una mascherata da Regina Elisabetta... Mmh, forse eravamo più che alticce."

SIG. LESTERFIELD

"È alquanto disdicevole il susseguirsi degli eventi. Prima, quella specie di energumena che emetteva uno sconsiderato flato in faccia a mia moglie Lysette, poi la persona a terra, tutto quel sangue misto a materia cerebrale, ma peggior cosa l'annullamento del mio *reading* per questi vacui motivi."

AGENTE CESARE
Private EAGLEYES

La mia carriera di stupido agente della sicurezza privata avrebbe cambiato direzione con quella telefonata.

Ma chi mi avrebbe assicurato che non fosse un bluff? Mah, forse il mio fiuto da cinico testa di cazzo. Pattugliavo la mia zona, che avevo preventivamente scelto senza farmene accorgere, non avevo niente da perdere e quando quel tipo uscì dalla botola del sottotetto eravamo (io e Lucilla) ad aspettarlo senza neanche sapere perché, cosa che capimmo molto presto.

THOMAS

"Facevo il chierichetto insieme a Philippe quando venne trovato impiccato, si ammazzò perché quel porco di Isacco ci molestava.

Dopo la morte di Philippe trovai il coraggio per raccontare tutto, ma quella stupida comunità bigotta fece quadrato intorno al "messia", Isacco era troppo influente al tempo, ho passato una vita da recluso, alcolizzato, drogato, disoccupato, reietto, ed ancora oggi non va molto meglio. Le dico la verità, vorrei essere stato io ad ammazzare Isacco ma non con una coltellata qualunque, gli avrei fatto ripagare tutto ciò che ho ancora dentro."

Dalla dichiarazione di Thomas in seguito al fermo per l'omicidio di Isacco Smithers.

PHILIPPE

"Vedi Angelo, non c'è più scelta, è l'unica soluzione, questo è il solo modo di mettere fine a questa sofferenza, non..."

"Philippe! Con chi stai parlando ancora, vieni dentro!"

"Con nessuno papà, vengo subito."

ANACLETO

"Senti Maria, ho beccato ancora quell'idiota di tuo figlio che parlava da solo come se si rivolgesse ad uno spirito.

Non è servito a niente farlo seguire da Isacco, è un idiota senza speranza.

Uno di questi giorni glielo do io il motivo per parlare da solo."

PIA

"Pensavo che avesse un amico immaginario come tutti i bambini, era un po' cresciutello, ma era sempre solo, l'ambiente certo non lo aiutava.

Dopo la tragedia, Anacleto non dette la colpa a Isacco, perché disse: 'Dalle rape non si può cavare il sangue.'"

NELLY
Investigatore Privato

"Non ci crederai, l'hanno beccato quegli idioti della Sicurezza privata."

"Chi?"

"Sì, quel gruppo di esaltati che si credono l'A-Team."

"E cosa ci facevano là?"

"Si dice una soffiata."

"Ahahah, insomma, scemi o no, hanno preso un assassino mentre tu eri a far lievitare le scartoffie nel tuo bel loculo che ti ostini a chiamare ufficio con quel piano di formica che dovrebbe essere una scrivania e la penna per scrivere, perché il PC è ancora rotto."

"Hanno avuto fortuna e arriverà anche il mio momento. Hey Gus, altre due birre."

"Certo, fare l'investigatore privato donna, forse ti facilita nella ricerca delle informazioni ma ti penalizza nell'azione."

"Cos'è Bart, una richiesta di diventare mio socio?"

"Veramente pensavo di portarti a letto."

ANGELO

"Vede Commissario, le cose girano, la gente cambia, ma in questo caso avrei preso i due più grandi piccioni con una fava che mi siano mai capitati.

Quando ero piccolo, avevo un grandissimo amico, si chiamava Philippe, ma io ero nero mi capisce, in quella città di merda non era facile, allora parlavamo sempre di nascosto da una siepe. Si immagini che suo padre pensava fosse matto e parlasse con un amico immaginario, così lo mandò da Isacco, quel porco.

Quando Philippe si impiccò pensai che Isacco fosse il diavolo e scappai più lontano possibile.

E cosa mi si presenta adesso dopo 20 anni?

Isacco che ha bisogno di me, una pallottola in testa a non so che cazzo di scrittrice per 300.000 bigliettoni. Così ne offro 75.000 a quel coglione di Joe, che sicuramente farà il lavoro per me e si farà beccare, perché io lo farò beccare, non sopportavo più quell'aria da sicario da film poliziesco di serie B. Poi vado io a riscuotere da Isacco e magari gli faccio passare tutto quello che covo da 20 anni.

Il bello è che arrivo lì, trovo Isacco morto, pugnalato al petto e niente soldi.

Bene, da questo si evince che Isacco voleva morta quella ragazza, che Joe l'ha uccisa e che lei non ha uno straccio di prova contro di me. Mi saluti Joe manolesta."

COMMISSARIO BATES

"Cos'è questa novità?"

"Ci dispiace Commissario, gli sviluppi sono questi."

"Fatemi capire, abbiamo una confessione firmata da Angelo dove dichiara di aver raggirato Isacco, abbiamo il cadavere di Isacco e non possiamo arrestare Angelo?

Di chi cazzo sono quelle impronte? Chi ha ucciso Isacco?" Bates si lasciò cadere pesantemente all'indietro sulla poltrona di finta pelle.

Dopo la deposizione, nonostante Angelo lo avesse ammonito che non lo avrebbe potuto incriminare, era sicuro di avere in mano la pista buona e la rapida soluzione del caso.

Si figurava già i media che accendevano i riflettori sulla sua carriera trentennale senza infamia e senza lode, invece sarebbe rimasto il vecchio Commissario NessunBates, certo gli rimanevano ancora una casa nella prima periferia della città, una moglie grassa e petulante, tre figli maschi, uno peggio dell'altro e un cane cieco, che siccome non vedeva nulla tentava di azzannarlo tutte le volte che rientrava a casa.

E poi c'era il lavoro. Al lavoro si pensa al lavoro, quando si pensa al lavoro non si pensa alle merdate della vita privata.

"Cristo Bates, ti deve essere sfuggito qualcosa..."

La poltrona scricchiolò quando si rituffò in avanti su quei fogli, ci doveva essere almeno una possibilità di accendere quei riflettori.

Chi ha ucciso Isacco?

TU

Non fu difficile sbarazzarmi di Isacco con una pugnalata al petto, volevo per lui una morte anonima a differenza della vita che aveva avuto, sempre al centro dell'attenzione.

Voleva nuocere a Giuditta, e nessuno nuoce a Giuditta fin che sono in vita.

Dopo tornai a casa tranquillamente a prepararmi per la serata conclusiva della fiera dove il clou sarebbe stato il riconoscimento della mia amica Giuditta come miglior scrittrice dell'anno con il libro "INCIPIT".

Ci arrivai dopo una breve camminata nella fresca serata di fine settembre, il posto brulicava di gente e mi indirizzai verso il palco principale.

Quando la vidi le corsi incontro e lei a me.

Poi una spinta, qualcosa o qualcuno che mi urta, vacillo. L'ultima cosa che vidi, prima che la pallottola destinata a lei mi perforasse il globo oculare destro, fu il suo sorriso entusiasta.

Gabriele Erno Palandri è al suo primo romanzo.
Le opere che accompagnano il racconto fanno parte della serie "INCIPIT" tutte realizzate a penna a sfera e acrilico su carta.